**W9-BIR-813**

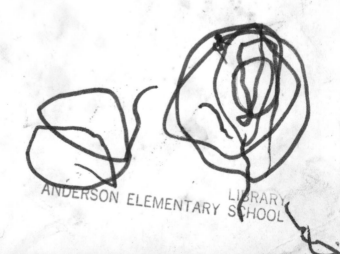

# EL CASO DEL
# forastero
# hambriento

# EL CASO DEL
# forastero hambriento

Historia e ilustraciones de Crosby Bonsall

Traducido por Tomás González

Harper Arco Iris
*An Imprint of* HarperCollins*Publishers*

THE CASE OF THE HUNGRY STRANGER
Text copyright © 1963, 1992 by Crosby Bonsall
Translation by Tomás González
Translation copyright © 1996 by HarperCollins Publishers
Printed in the U.S.A. All rights reserved.

Library of Congress Cataloging-in-Publication Data
Bonsall, Crosby Newell, 1921–1995.
[Case of the hungry stranger.   Spanish]
El caso del forastero hambriento / historia e ilustraciones de Crosby
Bonsall ; traducido por Tomás González.
    p.      cm. — (Ya sé leer)
"HarperArco Iris"
Summary: Wizard and his friends are clueless when they are sent on
the trail of a blueberry pie thief, until Wizard hits on a plan that is sure to
nab the sweet-toothed pilferer.
    ISBN 0-06-026226-5. — ISBN 0-06-444195-4 (pbk.)
    [1. Mystery and detective stories.   2. Spanish language materials.]
I. Title.   II. Series.
PZ73.B63  1996                                              95-3700
                                                                CIP
                                                                 AC

1  2  3  4  5  6  7  8  9  10
❖
First Spanish Edition, 1996

Todos estaban reunidos

en la casita del Club:

Mago, Gordo,

Flaco y Soplón.

Mago era el líder.

Gordo y Flaco

eran sus amigos.

Soplón era su hermanito.

7

Mago era muy listo

y por eso lo llamaban Mago.

Gordo comía mucho

y por eso lo llamaban Gordo.

Flaco comía muy poco
y por eso lo llamaban Flaco.
Y a Soplón lo llamaban así
porque todo lo contaba.

La casita del Club estaba debajo

de un árbol,

junto a un arroyo,

próxima a una cerca,

en el patio de la casa de Mago.

Había un letrero viejo en la puerta,

que decía: NO SE ADMITEN NIÑAS.

Y un letrero nuevo que decía:

EL MAGO

DETECTIVE PRIVADO

11

—¿Qué es un detective privado?

—preguntó Soplón.

—Yo soy un detective privado

—dijo Mago—. Encuentro cosas.

—Una vez se me perdió un centavo

—dijo Soplón.

—Yo no encuentro cosas perdidas,

sino cosas robadas —dijo Mago—.

Si alguien te robó el centavo,

yo averiguaré quién lo hizo.

—¿Gratis? —preguntó Soplón.

—Por cinco centavos —dijo Mago.

—Dalo por perdido —dijo Soplón.

—Para ser un detective privado
tienes que ser astuto —dijo Mago—.
Mantener los ojos bien abiertos,
y la boca cerrada —agregó,
mirando a Soplón.

14

La vecina, la Sra. Buendía,

vino corriendo por el patio.

—¿Quién de ustedes se comió

mi pastel de moras? —les preguntó.

15

Todos miraron a Gordo.

La Sra. Buendía dijo:

—Horneé dos pasteles,

los puse a enfriar afuera

y alguien se comió uno.

Sólo dejó el plato vacío.

16

—Yo no fui —dijo Mago.

—Yo no fui —dijo Gordo.

—Yo no fui —dijo Flaco.

—Yo tampoco —dijo Soplón—.

¡Palabra!

La Sra. Buendía dijo:

—Necesito un detective privado.

—Aquí mismo lo tiene, señora

—dijo Mago—. Descubriremos

quién se comió el pastel.

—¡No lo dudo, chicos!

—dijo la Sra. Buendía.

18

Mago miró a los muchachos.

—Empecemos aquí mismo —dijo—.

Gordo, ¿dónde estabas

antes de venir al Club?

—Mamá me envió a la tienda
a comprar pan —respondió
Gordo— y también
me compré unas galletitas.

—Y tú, Flaco, ¿dónde estabas?

—preguntó Mago.

—Cuidaba a mi hermanita,

mientras mamá colgaba la ropa

—respondió Flaco.

—¿Y tú dónde estabas, Soplón?

—preguntó Mago.

Algo pareció

causarle gracia a Soplón.

—Estaba contigo —dijo.

—Y *tú*, Mago, ¿dónde estabas?

—preguntaron Gordo y Flaco.

Mago parecía estar en aprietos.

—Yo les cuento dónde

—dijo Soplón—.

Es muy chistoso.

Mamá se había hecho un sombrero.

—Eso no es tan chistoso

—dijeron Gordo y Flaco.

—¡Y se lo probaba a Mago!

—exclamó Soplón.

24

—¡Eso sí que es chistoso!

—gritaron Gordo y Flaco.

—¡Basta ya, muchachos!

—dijo Mago—.

Hay que buscar huellas digitales,

pisadas o cualquier pista.

Saltaron la cerca,

caminaron por el césped

y llegaron hasta la puerta trasera

de la casa de la Sra. Buendía.

El plato estaba en una banca.

Y verdaderamente estaba vacío.

—¡Aquí hay una pisada!

—dijo Flaco.

—Y parece reciente —dijo Mago.

Entonces miró el pie de Flaco.

—¡Es *tu* huella! —exclamó—.

Acabas de dejarla.

Gordo vio que la puerta
del sótano estaba abierta.

—Quizás el culpable
bajó por aquí —dijo—.
Iré a investigar.

El sótano estaba muy oscuro,

húmedo y silencioso.

Gordo tropezó con algo y se cayó.

Aquello era blando. Se movía.

Parecía agarrar a Gordo.

—¡Auxilio! —gritó—.

¡Lo atrapé!

La Sra. Buendía encendió la luz

y allí estaba Gordo, enredado

en la manguera del jardín.

—¡Qué tonto eres!

—le dijo Mago.

Salieron del sótano

y Mago comenzó a reprenderles.

—No estamos progresando mucho

con este caso —les dijo.

—¡Aquí hay migas de pastel!

—gritó Soplón.

31

—Eso indica que se fue por allí.

¡Vamos! —dijo Mago.

Siguieron las migas

por el césped

hasta la cerca

y las vieron otra vez

del otro lado del arroyo.

—No hagan ruido

—dijo Mago—.

Creo que lo atrapamos.

Gordo, sin hacer ruido,

se comió una galleta.

34

Las migas llegaban al árbol
y continuaban hasta la puerta
del Club.

—¡Silencio! —ordenó Mago—.
Abriré la puerta de repente
y lo sorprenderemos.

Pero allí no había nadie.

—¡Caramba! —dijo Flaco—.

Se ha escapado.

—Casi lo agarramos —dijo Gordo

y se comió otra galleta.

Algunas migas

cayeron en el césped.

Todos miraron las migas.

—Seguíamos el rastro de migas de galleta —dijo Mago.

—Las que había dejado Gordo —dijo Flaco.

—Tenemos que encontrar
al culpable —dijo Mago.
—Si no descubrimos quién
se comió el pastel de moras,
no podemos ser detectives
—afirmó Flaco.

—Pastel de moras. . .

—murmuró Mago—.

¡Pastel de moras!

Oye, déjame ver tus dientes.

—¿Para qué? —preguntó Gordo.

—Sólo enséñame tus dientes

y yo te mostraré los míos.

—¿Y qué tienen que ver

los dientes?

—preguntó Flaco.

—Yo perdí uno —dijo Soplón—.

¿Ése también cuenta?

—No —respondió Mago—.

Pero si nos hubiéramos comido

el pastel de moras, nuestros

dientes estarían morados.

—¡Y no lo están!

—exclamaron Gordo y Flaco.

—Creo que el diente que perdí

era morado —dijo Soplón.

—Salgamos a buscar a alguien
que tenga los dientes morados
—ordenó Mago.

Se separaron y recorrieron el vecin-
dario de arriba abajo, casa por casa.

Sonreían y les sonreían.

Soplón le sonrió al cartero

y el cartero le sonrió a Soplón.

Pero sus dientes no estaban morados.

Gordo le sonrió

al vendedor de helados

y éste le sonrió a Gordo,

pero sus dientes no estaban morados.

Gordo se compró un helado.

Flaco le sonrió

al repartidor de periódicos

y éste le sonrió a Flaco.

Pero sus dientes no estaban morados.

Mago le sonrió al policía

y el policía le sonrió a Mago,

pero sus dientes

tampoco estaban morados.

Mago, Gordo y Flaco

se reunieron otra vez en el Club.

—No vi ni un solo diente morado

—informó Flaco.

—¿Dónde está Soplón?

—preguntó Mago. Nadie sabía.

—Le prometí a mamá

que lo cuidaría.

¡Vamos a buscarlo! —dijo Mago.

Pero no fue necesario.

Soplón venía corriendo

por el patio.

—¡Vengan! ¡Vengan! —gritó—.

¡Encontré los dientes morados!

Todos corrieron tras Soplón.

Saltaron el arroyo,

se treparon por la cerca

y corrieron por el césped.

La Sra. Buendía, que estaba

arrancando malezas,

los miró y sonrió.

50

¡Tenía los dientes morados!

—¡Oh, Soplón! —dijo Mago.

—Sus dientes están morados

—dijo Soplón.

—Por supuesto —dijo ella—.

En el almuerzo me comí

un plato de moras.

De regreso en el Club,

Mago reprendió a Soplón.

—Pero tú dijiste que buscáramos

dientes morados —respondió Soplón.

—¡No los de la Sra. Buendía!

—exclamó Mago.

En ese momento un perro

entró por un agujero en la cerca,

saltó el arroyo

y se echó junto a ellos.

—Oye, ha estado con nosotros

todo el día —dijo Soplón.

—Bonito perro —dijo Flaco.

—¿Querrá una galleta?

—preguntó Gordo.

54

El perro corrió hacia Mago,

movió la cola

y se sentó a su lado.

Mago le sonrió al perro

y el perro le sonrió a Mago.

Mago dio un grito.

Todos gritaban.

El perro ladraba,

corría de un lado a otro

y sonreía.

56

El perro mostraba

una sonrisa morada,

como los pasteles de moras.

—Se cierra el caso —dijo Mago—.

Tenemos al ladrón de pasteles.

Vamos a llevárselo a la Sra. Buendía.

El perro le sonrió a la Sra. Buendía,
con sus dientes morados.

—Buen trabajo, muchachos
—dijo la Sra. Buendía.

—¡Ahora sí somos verdaderos
detectives! —dijo Mago.

—¡Motita, Motita! —gritó una niña

que venía hacia ellos por el césped—.

Al fin te encuentro, Motita.

¿Dónde has estado todo el día?

—le preguntó al perro.

El perro sólo sonrió.

Mago le contó a la niña lo del pastel.

Gordo también se lo contó,

y Flaco también,

y, por supuesto, Soplón,

que siempre lo contaba todo.

—Muchachos, ¿quieren el pastel

que Motita no se comió?

—preguntó la Sra. Buendía.

Gordo fue el primero en decir que sí.

Se llevaron el pastel

para el Club.

Motita y la niña los acompañaron.

La niña, que se llamaba Rosa María,

se sentó con ellos en el césped

y entre todos se comieron el pastel.

Todos mostraban

una sonrisa

grande y morada.

**DATE DUE**

| | | | |
|---|---|---|---|
| | | | |
| | | | |
| | | | |
| | | | |
| | | | |
| | | | |
| | | | |
| | | | |
| | | | |
| | | | |
| | | | |
| | | | |